Manualidades en 5 pasos

papel

Círculo de Lectores

Textos y realización de ejercicios: Anna Llimós
Diseño de la colección y maquetación: Leonardo Ribero
Fotografías: Nos & Soto

Círculo de Lectores, S.A. (Sociedad Unipersonal)
Travessera de Gràcia, 47-49. 08021 Barcelona
www.circulo.es
6010987654321

Licencia editorial para Círculo de Lectores
por cortesía de Parramón Ediciones, S.A.
Está prohibida la venta de este libro a personas
que no pertenezcan a Círculo de Lectores.

ISBN: 84-672-2024-4
Depósito legal: B-38.132-2006
Impreso en España
N.º 19034 B

Sumario

Dragón

MATERIALES

Cartulinas verde y roja
Guirnalda de papel de seda verde
Cinta adhesiva
Rotulador negro
Lápiz blanco
Palito
Hilo de nailon
Tijeras

1 En una cartulina verde, dibuja y recorta lo que serán las dos partes de la cabeza del dragón.

2 Píntale los dientes con lápiz blanco y los detalles de la cara con el rotulador negro.

3 Recorta una lengua de cartulina roja y pégala en la parte inferior de la cabeza.

4 En un extremo de la guirnalda, pega las dos partes de la cabeza del dragón con cinta adhesiva.

5 Corta cuatro trozos de hilo de nailon de diferentes medidas y ata el dragón al palito.

Un dragón muy bailarín.

Aula

MATERIALES

Cartulinas verde clara, verde oscura, anaranjada, lila, rosada y blanca
Adhesivos cuadrados verdes
Lápiz blanco
Rotulador de punta fina negro
Pegamento en barra
Tijeras
Regla

1 Dobla una cartulina verde claro por la mitad y, en otra rectangular del mismo color, haz dos pestañas. Monta la estructura del aula.

2 En un rectángulo de cartulina lila pega los adhesivos cuadrados verdes a modo de baldosas. Colócalo en el aula. Será el suelo.

3 Para la pizarra, sobre un rectángulo de cartulina anaranjada pega otro más pequeño de cartulina verde y dibuja en él algo muy sencillo.

4 Recorta dos tiras de cartulina de anchos diferentes. Dobla los extremos de la rosada y tendrás la mesa. En la anaranjada, sólo con tres dobleces consigues la silla.

5 Como detalle, escribe unas hojas escritas, y colócalo todo dentro del aula.

¡A clase!

Cuenco

MATERIALES

Serpentinas amarillas, lilas, verdes y granates
Pegamento en barra
Látex o barniz
Pincel

1 Enrolla una serpentina amarilla, bien apretada, y pega el extremo con pegamento en barra.

2 A continuación, pega el extremo de una serpentina lila y enrolla ésta alrededor de la serpentina amarilla.

3 Enrolla ahora una serpentina verde y luego una granate.

4 Repite los pasos anteriores tantas veces como sea necesario hasta que consigas un círculo del diámetro que desees.

5 Presiona con los dedos en el círculo central y levanta tanto como quieras lo que serán los laterales del cuenco. Si barnizas la pieza, será más resistente.

¡Qué original!

Manzana

MATERIALES

Cartulinas roja, amarilla y verde
Papel pinocho anaranjado
Lápices rojo y verde
Rotulador negro
Cinta adhesiva transparente
Perforadora
Tijeras
Regla

1 Recorta cuatro tiras de cartulina roja y realiza un agujero en el centro de cada una.

2 Introduce un churro de papel pinocho anaranjado por los agujeros de las tiras y fíjalo con cinta adhesiva por debajo.

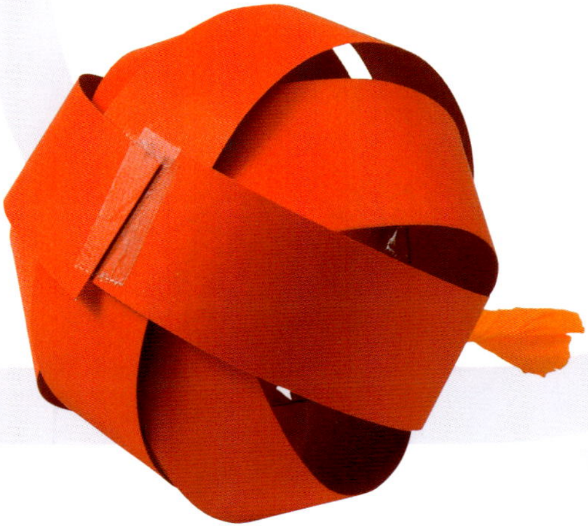

3 Si unes los extremos de cada tira con cinta adhesiva, tendrás la esfera de la manzana.

4 En una cartulina verde, dibuja y recorta una hoja.

5 En una cartulina amarilla, dibuja, pinta y recorta un gusano. Pega la hoja al tallo de la manzana y coloca el gusano entre las tiras.

La casita del gusano.

Títere de bolsa

MATERIALES

Bolsa de papel granate, sin asas
Hojas de papel verde, amarillo, rojo y de color carne
Papeles pinocho verde, anaranjado y amarillo
Adhesivos redondos amarillos
Rotulador negro
Pegamento en barra
Tijeras

1 En una hoja de papel de color carne, dibuja y recorta las manos y la cara del títere. En ésta dibuja los ojos, la nariz y la boca.

2 Dibuja y recorta ahora su vestido en papel verde, y decóralo con adhesivos redondos amarillos.

3 Para las piernas, recorta dos tiras amarillas y decóralas con rayitas verdes y rojas. En papel rojo recorta y pega unos zapatos (los pies).

4

Recorta ahora tres tiras de papel pinocho (verde, anaranjada y amarilla) y haz una trenza.

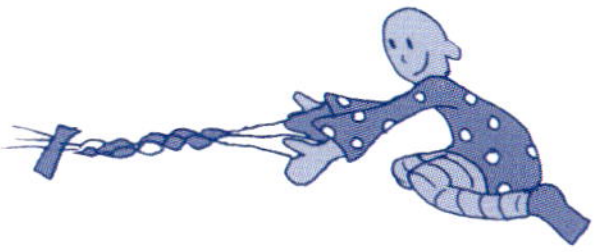

5

Pega todas las piezas del muñeco en una de las caras de la bolsa de papel sin asas, dejando la abertura en la parte inferior.

Mete tu mano en la bolsa-títere.

Elefante

MATERIALES

Cartulinas gris y blanca
Papel pinocho anaranjado
Adhesivos redondos rojos
Adhesivo verde en forma de estrella
Lápices blanco y negro
Pegamento en barra
Tijeras
Regla

1 Dibuja y recorta un rectángulo de cartulina gris con dos pestañas: una con flecos que será la cola y otra más ancha donde pegarás la cabeza del elefante.

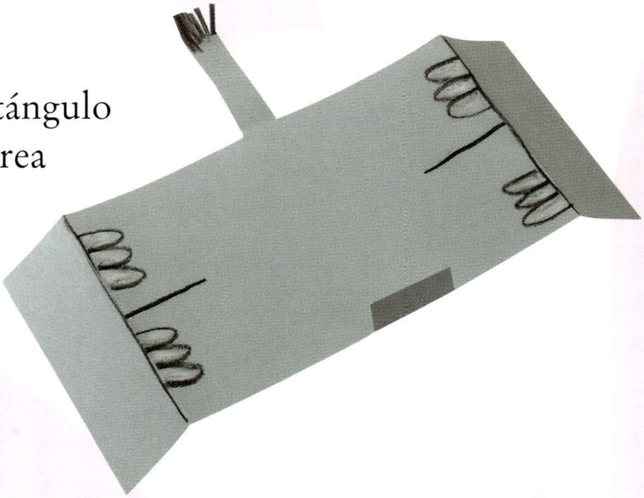

2 Dobla los extremos del rectángulo y pinta las patas del animal. Colorea también los flecos de la cola.

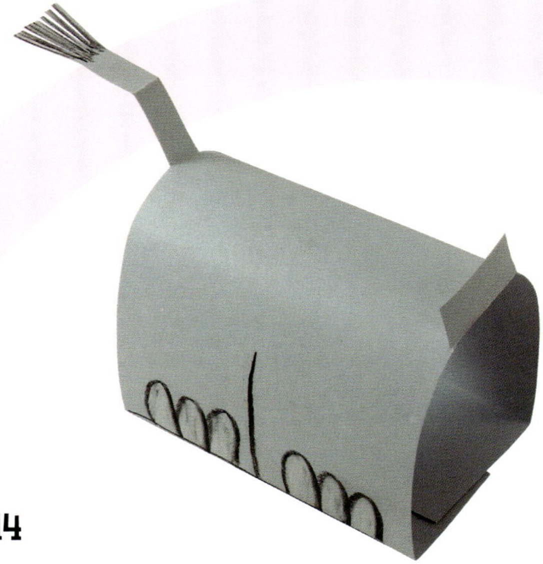

3 Pega los extremos que doblaste y tendrás montado el cuerpo del elefante.

4 Dibuja y recorta la cabeza del animal. Píntale los detalles y pégale por detrás unos colmillos hechos con cartulina blanca. Pega la cabeza al cuerpo.

5 Para la manta del elefante, recorta un rectángulo de papel pinocho anaranjado, hazle unos flecos y decóralo con adhesivos de colores.

Un elefante muy elegante.

Cesta

MATERIALES

Caja de cartón
Papeles pinocho azul, lila oscuro y lila claro
Cartulina lila claro
Pegamento en barra
Tijeras

1 Pon las dos tiras de papel pinocho lila claro en forma de cruz y pega la caja encima.

2 Corta cada uno de los trozos que sobresalen de la caja en cuatro tiras más estrechas.

3 Recorta tiras de papeles pinocho azul y lila oscuro y empieza a trenzar, pegando el inicio de cada una a la caja.

4 Introduce las tiras sobrantes en la caja, pégalas y forra el interior con más papel pinocho; así la cesta quedará mejor acabada.

5 Realiza el asa con una tira de cartulina lila claro forrada con papel pinocho de los tres colores. Pégala en el interior de la cesta.

Una cesta para las flores.

Autocar

MATERIALES

Cartulinas roja, negra, amarilla,
gris y blanca
Hoja de papel verde
Papel de celofán anaranjado
Rotulador negro
Pegamento en barra
Tijeras y/o punzón
Lápiz

1 En la cartulina roja, dibuja y recorta un autocar. Para vaciar las ventanas, puedes usar las tijeras o un punzón.

2 Dibuja y recorta las ruedas del autocar y sus faros, y pégaselos. Haz los números de la matrícula con un rotulador negro.

3 Coloca el autocar sobre una cartulina blanca y marca con lápiz las ventanas. Con rotulador negro, dibuja un personaje en cada una.

4 Recorta un camino de la hoja de papel verde, pégale unas tiras blancas y fíjalo en la parte inferior de la cartulina blanca.

5 Pega un trozo de papel de celofán anaranjado en el reverso del autocar y pega éste en la cartulina blanca de manera que las ventanas coincidan con los espacios dibujados.

¡Vamos de excursión!

Pajarita

MATERIALES

Papeles charol anaranjado, rojo, lila y amarillo
Pegamento en barra
Tijeras
Regla

1 Recorta un cuadrado de papel charol rojo. En la cara de color, pega un triángulo de papel charol amarillo y, en la otra, un triángulo de papel charol lila y otro anaranjado.

2 Coloca la cara lila y anaranjada hacia arriba y dobla las cuatro esquinas hacia el centro.

3 Dale la vuelta y vuelve a doblar las esquinas hacia dentro.

4 Vuelve a darle la vuelta y desdobla tres esquinas (dos serán las patas y la otra, la cola). La que queda doblada será el pico.

5 Junta las esquinas que serán las patas y tendrás la pajarita terminada.

¡Vuela, vuela!

Selva

MATERIALES

Cartulinas azul claro y verde oscuro
Hojas de papel amarillo, rojo y verde claro
Papel de regalo estampado con figuras (animales, personajes, flores, etc.)
Palitos de helado
Pegamento en barra
Rotulador negro
Punzón
Tijeras
Regla

1 Marca una línea en la parte inferior de la cartulina azul claro y púnzala para abrir una ranura.

2 Dibuja y recorta la forma de la hierba en el papel verde claro. Pégala en la parte inferior de la cartulina, poniendo pegamento sólo por debajo de la ranura.

3 Dibuja y recorta un tronco de papel rojo, la copa del árbol en cartulina verde y un sol de papel amarillo.

4 Recorta algunas figuras del papel de regalo (flores y mariposa), y pégalo todo sobre la cartulina del paisaje.

5 Recorta ahora los animales del papel de regalo y pégalos en los palos de helado. Así los podrás introducir por la ranura de la cartulina y moverlos.

¡Cuántos animales en la selva!

Trompeta

MATERIALES

Cartulina blanca
Papel de regalo
Papel de seda anaranjado
Pito
Rotulador negro
Cinta adhesiva transparente
Pegamento en barra
Tijeras
Regla

1 Dibuja y recorta la forma de un cono sobre una cartulina blanca.

2 Forra una de las caras de esta cartulina con el papel de regalo que hayas elegido.

3 Monta el cono pegando los laterales con pegamento en barra. Con cinta adhesiva, fija el pito en la abertura pequeña.

4 Recorta una tira ancha de papel de seda anaranjado y hazle un flequillo.

5 Con pegamento en barra, une esta tira de papel de seda a la abertura ancha del cono.

¡Ideal para tus fiestas!

De noche y de día

MATERIALES

Cartulinas roja, negra, azul, verde clara, verde oscura, amarilla, roja y blanca
Adhesivos redondos blancos y amarillos
Adhesivos amarillos en forma de estrella
Pegamento en barra
Encuadernador
Tijeras y/o punzón
Regla

1 Recorta un pequeño rectángulo en la base de dos cartulinas rojas y en el centro de una de ellas abre una ventana rectangular.

2 Dibuja y recorta unas montañas de cartulina verde claro y la hierba de cartulina verde oscuro. Pega las dos piezas debajo de la ventana de la cartulina roja.

3 Haz ahora unas casitas con las cartulinas blanca, amarilla y roja, y pégalas sobre las montañas.

4 Recorta un círculo de cartulina negra y pega encima un semicírculo de cartulina azul. En la mitad negra, pon una luna y estrellas y, en la mitad azul, un sol y una nube. Clava un encuadernador en el centro.

5 Con el encuadernador, une el círculo a la cartulina sin ventana. Pega la otra cartulina encima, dejando que el círculo pueda girar.

Gira el círculo y cambiará el cielo.

Mariposa

MATERIALES

Cartulinas blanca, roja y amarilla
Papeles de seda anaranjado, rojo y lila
Papel de celofán anaranjado
Rotulador negro
Pegamento en barra
Tijeras
Látex o barniz
Pincel

1 Dibuja y recorta la silueta de una mariposa en una cartulina blanca.

2 Recorta dos trozos de papel de seda anaranjados y dos lilas, y pégalos con látex en las alas de la mariposa.

3 Termina de decorar las alas con trozos de papel de seda rasgados, y el cuerpo, con tiras recortadas del mismo papel.

4 Recorta otra mariposa de papel de celofán anaranjado un poco mayor que la de cartulina, y pégala detrás de ésta.

5 En un círculo de cartulina roja, pinta ojos y boca, y pégale las antenas de cartulina amarilla. Pega la cabeza al cuerpo.

¡De flor en flor!

Tarjeta sorpresa

1 Recorta una forma circular (cara) en la cartulina de color carne y dóblala por la mitad y por los laterales.

MATERIALES

Cartulinas fucsia, blanca y de color carne
Hojas de papel rojo, lila y verde
Guirnalda de papel de seda anaranjado
Adhesivos verdes en forma de estrella
Rotulador negro
Lápiz rojo
Pegamento en barra
Tijeras
Regla

2 Dibuja y recorta en el papel rojo los labios y la nariz de un payaso; y con la cartulina blanca haz la boca y los ojos. Pégalo todo en la cara y termina los detalles con rotulador negro y lápiz rojo.

3 Dobla la cartulina fucsia por la mitad, decórala con adhesivos en forma de estrella y pega los laterales de la cara, de manera que ésta quede centrada.

4 Corta una tira de papel lila y otra de papel verde, y haz con ellas un acordeón.

5 Pega los extremos del acordeón debajo de la cara. Recorta dos trozos de guirnalda de papel de seda anaranjado y pégalos a modo de pelo.

Abre la tarjeta y... ¡sorpresa!

papel

¿Podré hacerlo?

- Las catorce manualidades que proponemos en este libro son súper-fáciles. Sin embargo, algunas son más sencillitas que otras. Mira la tabla siguiente y decide el trabajo más adecuado para ti. ¡Seguro que puedes hacerlos todos!

- Si algún paso te resulta un poquito más complicado, siempre puedes pedir a un adulto que te eche una mano.

¿Qué necesitaré?

- Estas manualidades están pensadas para que conozcas todos los tipos de papel (papel pinocho, papel de seda, papel de celofán, papel de regalo, etc.) que existen. Pero si no tienes uno, puedes sustituirlo por otro y combinarlos como quieras.

- También puedes experimentar con otros materiales de papel más originales como serpentinas, bolsas o guirnaldas.

¿Algún otro consejo?

- Aunque todos los papeles son fáciles de recortar con tijeras o rasgar con los dedos, en algunos casos te irá mejor utilizar el punzón, sobre todo cuando tengas que abrir ventanas o cuando tengas que hacer una ranura.

- En algunas manualidades deberás utilizar la regla para conseguir que las piezas queden exactas y encajen.

UNAS MÁS FÁCILES QUE OTRAS

★

Dragón

Manzana

Autocar

Trompeta

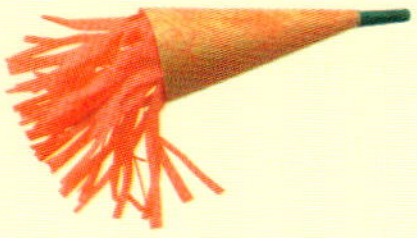

Mariposa

★★

Aula

Títere de bolsa

Elefante

De noche y de día

★★★

Cesta

Selva

Tarjeta sorpresa

★★★★

Cuenco

Pajarita